LE MASQUE DE FER

OU LES

AVANTURES

ADMIRABLES

DU

PERE ET DU FILS,

CINQUIE'ME PARTIE.

A LA HAYE,

Chez PIERRE DE HONDT.

MDCCL.

LE
MASQUE DE FER
OU
LES AVANTURES
ADMIRABLES
DU PERE ET DU FILS;

CHAPITRE XIX.

TANDIS que l'innocent Cristanval se trouvoit accablé
sous le poids de l'injustice,
& de ses propres malheurs,
son illustre Pere, qui n'étoit pas
encore instruit de ces affreuses nouvelles, se préparoit à paroître aux
yeux du Roi cruel vers lequel il étoit

envoyé ; fon audiance lui avoit été promife le lendemain de fon arrivée : plus de quinze jours s'étoient écoulés depuis ce tems, fans qu'il fut mandé. Ce delai lui paroiffoit extraordinaire, après l'empreffement que le Prince avoit marqué pour fon arrivée ; il jugea bien que quelque raifon importante en étoit la fource ; mais hélas ! il ne prévoyoit pas le deffein affreux dont il étoit à la veille d'être inftruit.

Un jour qu'il faifoit quelques réfléxions à ce fujet, & qu'il s'étonnoit de n'avoir aucunes nouvelles du Roi d'Angleterre, malgré les affûrances pofitives que ce Monarque lui avoit donné en partant de lui envoyer un Courier, un de fes Gentilshommes lui aporta un billet qu'un étranger avoit laiffé à fa porte fans vouloir fe déc'arer : (les Miniftres étrangeis ont l'ufage de recevoir toutes fortes d'avis.) Dom Pédre entra dans fon Cabinet, dans l'idée que la lettre lui étoit écrite par quelque Efpagnol mécontent de fon fort, qui recouroit peut-être à lui pour le faire paffer en Ang'eterre , comme femblable

blable chose arrivoit quelquefois ;
mais quelle fut sa surprise en déca-
chetant le Billet d'y trouver ces mots.

LETTRE

D'UN ANOMIME.

FUyez, Milord, il est encore tems, le
Roi ne sçait pas que vous êtes Dom
Pédre, mais il peut l'aprendre d'un moment à l'autre ; un de vos anciens Amis
qui vous a connu, risque tout pour vous
donner cet avis. Souvenez vous bien de
brûler ce papier dès que vous l'aurez lû.
Aprenez encore que Gusman Dalinkaras
est vivant, qu'il a fait sa paix avec son
Souverain, à condition de lui aporter,
votre tête : en un mot, si la considération
de votre salut ne vous touche pas assez,
aprenez qu'on conspire contre ce que vous
avez de plus cher dans le monde, & que
vous n'avez pas un moment à perdre pour
le sauver.

DOM PE'DRE frémit de cet avis,
cependant après l'avoir médité, son
mauvais génie le lui fit interpréter
tout différemment. Il se persuada

qu'il n'étoit pas poſſible qu'il eut été reconnu à la Cour, par l'attention qu'il avoit eu depuis qu'il y étoit , de ne recevoir aucune viſite , & de ne point paroître en public ; ſa deſtinée cruelle lui fit ſuppoſer qu'Emilie inſtruite du lieu de ſon Ambaſſade , & tremblante des riſques qu'il couroit à une Cour où ſa vie étoit en danger , lui avoit dépéché un exprès avec cet avis pour le rapeler auprès d'elle : plus il médita ſur cette idée , & plus il la crut vrai-ſemblable : la citation de Guſman Dalinkaras , après ce qu'il avoit apris de Keelmie , à ſon ſujet , lui parut ſi contraire à la vérité, qu'il ſe confirma de plus en plus , dans l'opinion qu'il avoit adoptée ; il ne pouvoit ſe perſuader que ce traître fût échapé du naufrage. Il devoit y avoir péri, il n'étoit pas poſſible qu'il en eut rien à redouter. Voilà quelles furent ſes idées , & ce qui le porta à ne rien changer à ſes premiéres réſolutions.

DEUX jours après avoir reçu la Lettre Anonime dont on vient de parler, on lui en porta une ſeconde, un Capucin maſqué la lui rendit en
main

main propre. Dom Pédre fit tout ce qu'il put pour l'engager à se découvrir & à parler, mais le Moine après la lui avoir remife, le fuplia de ne point le contraindre à fe démaquer, & de le laiffer aller fans le faire fuivre, en lui difant qu'après le rifque qu'il couroit pour le fervir, c'étoit le moins qu'il pouvoit, que de ne le pas défobliger.

L'Ambassadeur étoit trop poli pour infifter davantage, mais un coup d'œil qu'il donna à un de fes gens, ayant été compris, le Capucin fut fuivi, & cela avec tant d'adreffe qu'on fçût qui il étoit, fans qu'il eut aucun lieu de le foupçonner.

Cette connoiffance fit faire bien des réfléxions à Dom Pédre, fur le danger qu'il couroit, mais quelque grand qu'il fut, il ne l'intimida pas, il croyoit avoir en main de quoi lui faire obtenir fa grace, & celle de la Princeffe fa femme; il avoit apris depuis qu'il étoit en Efpagne, de gens inftruits des chofes les plus fecrettes, que le Prince travailloit fans ceffe à découvrir ce qu'étoit devenu

 Keelmie;

Keelmie; il jugeoit par le foin conftant à s'occuper fans ceffe de cette aimable perfonne, qu'il continuoit à l'aimer éperdument, & que la connoiffance qu'il pouvoit lui en donner, fuffifoit pour lui faire obtenir tout qui lui conviendroit aux intérêts qui l'amenoient dans ces climats.

IL attendoit à remercier le généreux Menquès qu'il foupçonnoit être l'Auteur de l'avis, & le Capucin même qui le lui avoit rendu, jufqu'à ce qu'il eut l'audience qui devoit décider de fon fort : il fe flattoit de l'iffue la plus heureufe, il fe faifoit un plaifir de le furprendre agréablement, en ufant de fon côté avec autant de franchife avec le Miniftre, qu'il en avoit ufé généreufement à fon égard.

MAIS il étoit décidé que Dom Pédre courreroit les rifques de l'avanture ; le lendemain de la vifite Anonime de Menquès, un Gentil-homme fe fit annoncer à Dom Pédre, de la part du Roi, & lui déclara qu'il auroit le même jour, fa premiére audience. Le lieu fut affigné dans une

des

des Maiſons de plaiſance de Sa Ma-
jeſté, l'heure étoit marquée à l'en-
trée de la nuit, l'Ambaſſadeur ne
put s'empêcher d'être ſurpris de l'aſſi-
gnation, de l'heure & du lieu. Cet
uſage n'étoit pas ordinaire : il conçût,
mais trop tard, que les avis qui lui
avoient été donnés tiroient leur origine de raiſons biens fondées : il s'attendit à tout ce qui pouvoit lui arriver, ſa prudence prévit tous les
malheurs qui le menaçoient, il brû-
la tous les papiers qui pouvoient décéler ſes ſecrets, il avala la moitié
de la médaille dont on a fait mention,
qui concernoit Keelmie, afin que
ſi l'on portoit les choſes au point de
le fouiller, ou qu'on uſa de violence,
il fut le maître de ſon ſecret, & des
événemens.

Les caroſſes du Roi vinrent le prendre à l'heure marquée avec beaucoup
de ſecret ; dans le moment qu'il mon-
toit dans celui qui lui étoit deſtiné,
un nain lui gliſſa dans la main un
Billet qui s'exprimoit ainſi.

A 4			**BILLET.**

BILLET.

*P*UISQUE *votre mauvais deſtin ne
vous a pas permis de ſuivre de ſages
conſeils, profitez du moins de celui-ci :
l'on ignore qui vous êtes, gardez-vous bien
de vous décéler. Si l'on ne vous reconnoît
pas, vous êtes ſauvé : mais quelque choſe
que vous voyez, ſçachez vous contraindre
& diſſimuler. Attendez-vous aux aſpects
les plus affreux ; vous êtes prévenu, cela
doit vous ſuffire pour vous arracher aux
dangers que vous courez, dont on tremble
avec raiſon & avec connoiſſance de cauſe.*

CE troiſiéme avis fit impreſſion
ſur Dom Pédre & l'émut. Quelque
valeur dont on ſoit partagé, quelque
courage dont on ſoit doué, la nature
pâtit toûjours à la veille du danger.;
les aſpects de la mort ſont plus terribles que la mort même : l'Ambaſſadeur
en avoit pâli, cependant après un
moment de réfléxions, il ſe remit.
Sçavoir mourir, s'écria-t'il en lui-
même, c'eſt ſçavoir vivre, & le
propre d'un Héros : mourons ſi le
Ciel l'a preſcrit, que ce ſoit ſans
foibleſſe,

foiblesse, mais en mourant, du moins
que je puisse me vanger.

CES trois réfléxions accompagné-
rent Dom Pédre jusqu'au Palais du
Roi. Il fut surpris en y entrant de le
trouver désert, c'étoit moins l'asile
d'un Roi que celui d'un particulier
éconôme, à peine les apartemens
étoient-ils éclairés : le Gentil-homme
qui l'avoit accompagné se retira.
Après qu'une porte secrette à laquelle
il frapa fut ouverte, un vieillard se
presenta, & ce vieillard étoit le res-
pectable Menquès. Dom Pédre voulut lui parler, le premier Ministre
mit le doigt sur sa Bouche, & le fit
passer devant lui, l'Ambassadeur entra
dans un cabinet : il étoit plus éclairé
que les autres apartemens, le Roi
étoit assis dans un fauteuil, il avoit
une table devant lui sur laquelle il
avoit ses deux coudes apuyez. Un
homme étoit debout derriére sa chai-
se, & Dom Pédre ne le reconnut pas :
lorsque l'Ambassadeur eut démêlé le
Roi, il s'avança, s'inclina selon le
cérémonial trois fois, & lorsqu'il fut
à quarante pas du Souverain il pro-
nonça

nonça le difcours qu'il avoit préparé
depuis long-tems, & qui ne rouloit
que fur des complimens de la part du
Roi d'Angleterre, & fur des proteſta-
tions de confidération, & d'amitié
convenables & ordinaires en pareil
cas.

LE Roi d'Efpagne après la fin de
cette Harangue ôta fon Chapeau &
le remit enfuit, il parla à l'Ambaſſadeur en ces termes.

„ J'AVOIS écrit au Roi votre Maî-
» tre, pour qu'il livra à ma Juſtice,
„ un traître dont les crimes mérîtoient
„ le dernier fuplice, je m'étois flatté
» qu'après la franchife avec laquelle
» j'en ufois, que ce traître me feroit
» rendu, & qu'on n'uferoit pas de
„ détours pour éluder ma demande,
„ mais j'ai jugé du contraire par la
» conduite du Roi d'Angleterre : fans
» entrer dans aucun détail fur un ar-
» ticle auffi interreffant pour moi, il
» demande une Trève, il me propo-
„ fe un Ambaffadeur, n'étoit-ce pas
„ par-là me faire entendre qu'il avoit
» deffein de protéger le perfide Dom
» Pédre, & qu'il n'étoit pas dans
» le

„ le deſſein de me le ſacrifier. „

„ Prevenu d'une opinion ſi bien
„ fondée : j'ai pris mon parti, Mi-
„ lord, j'ai diſſimulé ; j'ai accordé la
„ Trève & l'Ambaſſade : mais pen-
„ dant que vous arrivez, j'ai envoyé
„ un Emiſſaire fidèle en Angleterre,
„ & il y a trouvé les moyens de me
„ vanger. „

„ Je vous ai refuſé juſqu'ici votre
„ audience, parce que j'attendois le
„ retour de ceux que j'avois envoyé
„ en Angleterre; ils viennent d'arri-
„ ver dans le moment avec des preu-
„ ves autentiques, diſent-ils, de leur
„ zèle & de ma vengeance. Je vous
„ ai mandé pour que vous en ſoyez le
„ témoin. (Le Roi s'interrompit dans
cet endroit, & fit un ſigne à celui
qui étoit derrière ſa chaiſe) „ apor-
„ tez-moi ces témoignages parlans,
„ dit-il. On aporta ſur la Table un ſac
de cuir fermé par un cadenat , & le
Roi d'Eſpagne l'ouvrit en continuant
ainſi.

„ Si le Roi votre Maître eut ſa-
„ tisfait, Milord, à de juſtes deſirs,
„ il ne m'auroit pas mis dans le cas
„ de

„ de lui faire le plus cruel des affronts,
„ & ne m'auroit pas dérobé la dou-
„ ceur de faire ſouffrir les ſuplices les
„ plus cruels à des traîtres qui m'ont
„ deshonoré, & dont la perte de mille
„ vies n'auroit pas ſuffi encore, pour
„ réparer les outrages ſanglans que
„ j'en ai reçu. „

EN achevant ces mots, le Roi cruel mit la main dans le ſac, & en tira par les cheveux une tête enſanglantée qu'il éleva en l'air „ vois, „ Milord, (s'écria t'il avec fureur, en détournant cependant les yeux de ce ſpectacle affreux) „ vois ce que „ peut la puiſſance d'un Monarque „ outragé, reconnois la tête de Dom „ Pédre, & juge ſi je ſçais me van- „ ger. „

DOM PE'DRE en entrant chez le Roi s'étoit préparé à tous les événemens qui pouvoient lui arriver, mais il ne s'étoit pas attendu à de pareilles horreurs, & encore moins à une ſcéne où il joüoit un ſi grand rôle. Il recula deux pas d'effroi, détourna les yeux & jetta un ſoûpir affreux. „ Tu me parois intimidé „ continua

le Roi en remettant la tête dans le
fac fans la regarder „ je n'aurois pas
„ cru qu'un guerrier auſſi brave que
„ toi put s'effrayer : tu change de
„ couleur, mais en vain tu frémis,
„ Milord , je ne ſuis point encore
„ ſatisfait ; ton Maître m'a offenſé
„ par mille endroits à la fois. Outre
„ le refus qu'il a fait de me livrer le
„ Traître dont je viens de te montrer
„ la tête criminelle, il a donné l'azile
„ à des perfides dont il n'ignoroit pas
„ les crimes, il s'eſt ſervi de mes pro-
„ pres ſujets pour me faire la guerre :
„ hélas ! peut-être a-t'il fait encore
„ plus » ajoûta-t'il en ſoupirant » je
„ ne te diſſimule point que je le ſoup-
„ çonne de m'avoir enlevé un bien
„ qui ſeul pouvoit me conſoler de
„ mes affreuſes douleurs, il faut que
„ je ſois vangé de tant d'affrons répé-
„ tés, tu es ſon Ambaſſadeur, tu re-
„ preſente ſa perſonne, il faut choi-
„ ſir ou de perdre la vie dans le mo-
„ ment, ou de te prêter à tout ce
„ que j'exige de toi. »

A PEINE le Roi eut-il prononcé ces
paroles que quatre Mores ſortirent
d'un

d'un cabinet voisin , & parurent aux
côtés de Dom Pédre le sabre à la
main. L'Ambassadeur dont le parti
étoit pris intérieurement, les regarda
sans frayeur , ne montra sur son visa-
ge aucun trouble qui put faire concevoir que l'aspect terrible qui s'offroit
à ses yeux l'intimidât ; le Roi d'Espagne le regarda fixement pendant
quelques minutes: ensuite il poursuivit de cette sorte.

  » Tu sçais, Milord, le sujet qui
» m'a porté à faire la guerre au Roi
» ton Maître , il faut que demain à
» la face de tous mes Peuples dans
» une Audience publique que je te
» donnerai, tu te presente au pied
» de mon Trône nue tête, sans épée,
» & en chemin il faut que tu me pre-
» sente la tête de Dom Pédre qui te
» sera remise, & qu'après l'avoir ti-
» rée du sac où elle est enfermée, tu
» t'écrie à haute voix en l'élevant
» en l'air, *Voilà, ô le plus grand de*
tous les Rois, la tête du traître Dom
Pédre que le Roi d'Angleterre mon Maî-
tre vous envoye, en réparation de la té-
mérité qu'il a euë d'oser faire la guerre à
Votre

Votre Majesté : il implore sa miséricorde,
& je parois par son ordre dans cet état
d'humiliation pour la suplier à mains
jointes de lui pardonner aussi bien qu'à
son Royaume, & de lui donner la paix
à telles conditions qu'Elle trouvera bon
être, protestant de plus qu'il se fait hon-
neur d'être au nombre de ses Vassaux,
& qu'il payera un tribut tous les ans de
la valeur qui sera spécifiée............

DOM PEDRE n'attendit pas que le
Roi d'Espagne, eut achevé. Plûtôt
mourir, oui mourir, mille fois, s'é-
cria-t'il.... » Hé bien » tu mourras
interrompit ce Roi terrible avec le
transport le plus affreux de colére :
» mais sçache que mille tourmens
» affreux précéderont ton trépas, &
» que tu mourras mille fois avant que
» de mourir. » N'importe, reprit
Dom Pédre avec mépris, la nature
est une esclave, elle se plaindra en
vain, mon courage sçaura bien ne
pas se démentir : » ç'en est trop, s'é-
cria le Monarque cruel, » qu'on l'em-
» mene & qu'on exécute mes ordres,
» qu'on lui arrache la vie, & que
» ce soit par les suplices les plus
　　　　　　　　　　　 » cruels... »

» cruels… » pourſuis monſtre, pourſuis tes horreurs, interrompit l’Ambaſſadeur en ſe tournant vers ſes
eſclaves qui luï préparoient des fers,
aprens pour t’y convier que je ſuis
ce même Dom Pédre, dont on t’a
aporté la tête, ſi j’emporte un regret
en mourant, c’eſt la honte d’avoir
diſſimulé & d’avoir été ſi long-tems
ſans me déclarer.

A ce diſcours imprévu, le Roi jettant un grand cri, enviſagea fixement l’Ambaſſadeur, comme quand
on cherche à ſe rapeller des traits
échapés à la mémoire, & tira une
ſeconde fois la tête du ſac, dont il
n’avoit pas fait encore l’examen :
après l’avoir conſidérée à la lueur
d’un flambeau avec une attention
cruelle, c’eſt donc ainſi que tu me
joue, Guſman, s’écria-t’il, en lançant un regard où l’arrêt de ſa mort
étoit dicté, à celui qui étoit derriére
ſa chaiſe. C’eſt donc ainſi, ſcélérat,
que tu remplis ton devoir, & abuſe
de ma confiance. Guſman demanda
en tremblant à s’expliquer ; parle,
dit le Roi avec fureur, excuſe ſi tu le
peux

peux ta perfidie, mais souviens-toi
que si tu n'es pas mieux fondé pour
l'autre preuve que tu ne l'es pour
celle-ci, que rien ne peut t'arracher
à la mort qui t'est préparée.

CHAPITRE XX.

CETTE menace affreuse, au lieu
d'achever d'intimider le perfide
Gusman, le rassûra : j'ai pu me tromper, Seigneur, s'écria-t'il en se jettant aux genoux du Roi, en immo-
lant un autre que Dom Pédre à votre
juste vengeance ; je ne l'avois jamais
qu'entrevû, à peine le connoissois-je:
oui les indices ont pu me faire mé-
prendre : il étoit nuit, l'horreur de
l'acte affreux que j'étois à la veille de
commettre a pu tromper mes yeux,
mais pour l'autre victime que vous
m'aviez ordonné de vous sacrifier,
je vous en certifie la preuve certaine:
je la connoissois trop bien pour prendre le change. En un mot, que Votre Majesté me fasse périr, je me

foûmets à fon arrêt : puifque Dom
Pédre eft prefent, il peut vérifier fi
la feconde tête que j'ai remife à Votre
Majefté eft celle … il fuffit dit le Roi
en impofant filence à Gufman, c'eft
ce que nous allons juftifier.

LE barbare Tyran après ces mots fe
leva & paffa dans fon Cabinet. Dom
Pédre, qui avoit entendu l'affreux
difcours de Gufman, frémiffoit d'une
d'une fecrette horreur : qu'elle eft
cette tête dont le perfide Gufman fe
glorifie, difoit-il en lui-même. Que
fignifie cette énigme ? en faifant ces
affreufes réfléxions, une fueur froide
fortit de fon corps, la nature l'em-
portoit fur fon courage, il étoit à la
veille de s'évanouir, le retour du
cruel Monarque le rendit à lui-même. Je fuis content, s'écria le Roi,
ma vengeance n'eft point trahie,
mais de qui foupçonne-tu cette tête
continua-t'il, en la confidérant avec
une nouvelle attention, & en adref-
fant la parole à Gufman, j'ai des
idées confufes d'avoir vû de pareils
traits. Dom Pédre, à ce difcours
fixant les yeux fur ce Chef facré,
                              treffaillit

treſſaillit & jetta un grand cri. O
Ciel, s'écria-t'il, ſans être le maître
de ſa fureur, ſe peut-il que le monſtre
perfide qui a commis le plus grand de
tous les crimes ne ſoit pas écraſé de
mille foudres à la fois. O le plus grand
& le plus aimable des Rois ! ô Prince
auſſi humain que brave & malheureux, faut-il que le Ciel, que j'invo-
que inutilement, permette que les
Tyrans vivent, & que le plus digne
de tous les Monarques ſoit la victime
des plus hautes noirceurs, & tombe
ſous les coups du plus lâche Aſſaſſin ?

Le Roi d'Eſpagne frémit en enten-
dant prononcer ce diſcours : quoi, s'é-
cria-t'il, en regardant Guſman avec
fureur, cette tête que tu ſupoſois du
perfide dont j'entens les clameurs,
eſt celle du Roi d'Angleterre, & tu
as oſé te porter à ce coupable Aſſaſſinat. J'ai pu me venger par cette voye
des deux perfides ſujets échapés à
ma juſtice, mais d'un Roi.... Que
ce ſecret fatal ſoit pour jamais enſé-
veli dans le ſilence, ajoûta-t'il, &
toi Dom Pédre, prens ce ſabre, &
avant que je me venge de toi, venge

toi toi-même ; c'eſt à Guſman que tu
es redevable de tes malheurs , ſans
lui, à qui je dois la connoiſſance des
affronts que tu me faiſois, je les aurois peut-être ignoré à jamais : oui ,
c'eſt lui qui eſt le principe de tous tes
malheurs, c'eſt enfin ſur lui que doi-
vent tomber tous tes coups.

QUELQUE raiſon qu'eut Dom Pédre de profiter de la funeſte grace
qu'on lui faiſoit, il rejetta le ſabre
avec mépris : je ſçais combattre, ré-
pondit-il, & non pas aſſaſſiner, j'ho-
norerois trop un monſtre, s'il mou-
roit de mes coups : l'ignominie du
ſuplice le plus affreux eſt fait pour
des cœurs auſſi lâche que le ſien, &
ſi j'étois capable de me porter à d'auſſi
baſſes extrémitez, je profiterois du
fer que tu me mets en main pour
t'arracher, Tyran, une vie que tu
deshonore ſans ceſſe par les forfaits
les plus odieux ; mais trembles, j'ai
en main des moyens infaillibles de
t'en punir, aprens-les : Keelmie, la
belle Keelmie, eſt en ma puiſſance ;
ſçache enfin que ſi dans quinze jours
je ne reparois pas en Angleterre, que
mes

mes ordres font donnés pour qu'elle
périffe, & qu'elle te foit ôtée pour
jamais.

CE difcours imprévû, que l'extrêmité où fe trouvoit Dom Pédre lui
avoit fuggéré pour en fortir, & pour
fe préparer les moyens de venger
l'Affaffinat du Roi d'Angleterre, qu'il
regarda dans ces momens comme fon
propre Roi, fit une telle impreffion
fur le Roi, que d'un Tyran le plus
barbare, il devint l'Amant le plus
craintif & le plus allarmé. Ah ! Dom
Pédre, s'écria-t'il, que me dis-tu,
quel fond puis-je faire fur ce que tu
me dis, ne me trompe-tu point : ta
politique, la crainte des tourmens
ne recourent-ils point à cet artifice,
pour faire ceffer mes fureurs ; mais
qu'importe, expliquons-nous : toute
chimérique que foit cette idée trop
flatteufe, elle me féduit, elle me cal-
me. Le cruel Monarque n'eft plus le
même, il eft pâle, interdit, il veut
recourir à la fuplication, mais cette
fierté innée dans fon ame, le retient:
il apelle Menquès, il lui parle à l'o-
reille, & dans un inftant, Gufman
&

& les Miniſtres de ſes cruautés diſpa‑
roiſſent. Dom Pédre ſe trouve ſeul
avec le Roi : l'occaſion de s'en ven‑
ger n'étoit-elle pas bien favorable,
quel eſt le mortel à la place de Dom
Pédre, qui n'en eut pas profité ?
Mais Dom Pédre a le cœur auſſi grand
que le Monarque l'a cruel, il recourt
à l'uſage de la politique, lorſqu'il y
eſt obligé, mais il ne ſçait point
ceſſer d'être magnanime, & lorſqu'il
vengera, il aura l'honneur & la raiſon
de ſon côté.

Le Roi d'Eſpagne ne ſe vit pas
plûtôt le libre de s'expliquer, qu'il
offrit à Dom Pédre ſa grace, & le
retour de ſa confiance, pourvû qu'il
lui rendît un bien ſans lequel il ne
pouvoit vivre, & dont la perte, diſoit‑
il, joint à l'affront que la Princeſſe
ſa Sœur lui avoit fait, étoit l'origine
fatale de toutes les cruautés auxquel‑
les il s'étoit porté.

Nous venons de remarquer, que
Dom Pédre avoit tout d'un coup pris
le parti de diſſimuler, afin de ſe met‑
tre en état de venger des malheurs
qu'il ne prévoyoit que trop. Dans
cet

cet efprit, il répondit au Roi, qu'il ne s'étoit rifqué de revenir en Efpagne que dans l'intention de faire fa paix avec fon Maître, mais qu'ayant lieu de foupçonner par les actions de Gufman fon plus cruel ennemi, que cé traître s'étoit porté à des horreurs qui le touchoient encore de plus près, il ofoit exiger de Sa Majefté un aveu fincére des vengeances auxquelles elle s'étoit portée, en l'affûrant, que s'il étoit poffible après ce détail qu'il pût fe livrer fans réferve à la douceur de le fervir, qu'Elle le trouveroit difpofé à faifir avec empreffement les occafions de lui prouver qu'il avoit été moins un traître, qu'un Sujet aigri par des malheurs injuftes, & qu'il n'avoit point mérité ; il falloit tout l'amour dont le Roi d'Efpagne étoit enflâmé, pour l'empécher de relever la chûte de ce difcours : fa fierté fouffrit au point que fans l'idée de Keelmie en danger de fa vie, aucun égard ne l'auroit retenu ; il dévora fa colére & diffimula à fon tour : oublions tout, reprit-il, en adouciffant autant qu'il pût

pût ses regards & le ton de sa voix, moi, les sujets légitimes que j'ai eus de me plaindre de vous : & vous, les extrêmitez cruelles auxquelles m'a porté l'idée du deshonneur que votre conduite avoit occasionné. Oublions tout, Dom Pédre, je le répéte, que ces actes de part & d'autres soient ensévelis pour jamais dans le silence: comme j'ai porté jusqu'à l'excès la honte des plus cruels affronts, figurez-vous que les vengeances ont été portées aussi aux derniéres extrêmités : par ce moyen nous ferons quittes l'un envers l'autre, & l'avenir nous dédommagera des deux côtés, de tout ce que nous aurons souffert jusqu'ici. Dom Pédre jugea bien par l'adresse de cette réponse, que le Roi, éludoit l'aveu du crime, il étoit trop habile pour ne pas soupçonner la vérité du fait que la politique du Prince lui cachoit si soigneusement, s'il s'en étoit cru, la fureur l'auroit emporté sur la feinte, la tête du Roi d'Angleterre, dont l'aspect funeste crioit au Ciel la vengeance la plus affreuse & la plus complette, le fai-

foit frémir de fureur, & rien n'auroit été capable de fufpendre fon cour-
roux , fi l'idée d'un fecours trop
prompt , & de ne fe venger qu'à
demi, ne l'eut fait perfévérer dans
fa premiéte réfolution. Il feignit
d'entrer dans les vûës du Prince , &
pour lui prouver que ce qu'il avoit
avancé étoit vrai, il tira la lettre de
Keelmie dont il s'étoit chargé en
partant. Le Roi en connoiffoit l'écriture, & ce témoignage devoit fervir
pour l'engager de plus en plus à le
croire.

En effet à peine le Roi eut-il reconnu l'écriture de la belle Keelmie,
qu'il baifa fa lettre avec tranfport ;
mais que ne devint-il point après
avoir lû les témoignages de la fidè-
lité, & de la conftance de cette fage
fille. Quoi, Dom Pédre, s'écria-t'il,
avec un doux tranfport, en oubliant
dans ce moment fa politique, tu aurois pu donner des ordres cruels contre des jours fi précieux, & fi dignes
d'être refpectés ? oui, Seigneur, reprit l'Ambaffadeur, en affectant le
ton & l'air le plus naturel, c'eft à

caufe de l'intérêt que je n'ignorois
pas que vous prenez à cette fille
refpectable que je les ai prefcris :
j'en ai frémi moi-même d'horreur,
mais le pas que je faifois en vous
aportant ma tête, étoit trop délicat
pour ne pas prendre les précautions
que la politique & la vengeance dic-
tent dans des occafions auffi fufpec-
tes & auffi importantes : je ne vous
cacherai pas même que j'ai fait part
à Keelmie de ces terribles prévoyan-
ces , & je vous ajoûterai encore
qu'elle a tant d'équité, qu'en foûpi-
rant de la rigueur de fon fort, elle
n'a pu même les défaprouver.

CE dernier trait acheva de réfou-
dre le Roi ; & quel garand me don-
nerez-vous , reprit-il de me rendre
Keelmie, en cas que je vous laiffe
le maître de vous retirer ? ma parole,
reprit fiérement Dom Pédre, qui ne
le céde pas à celle des Rois : donnez-
moi un homme de confiance qui m'ac-
compagne, & dès que je ferai fur la
Frontiére, je lui remettrai Keelmie.
Il fuffit, reprit le Monarque, qui con-
cevoit dans ce moment les moyens
d'avoir

d'avoir cette sage fille & de perdre
ensuite Dom Pédre. Promettez-moi
de me renvoyer dès que vous serez
sorti de mes Etats, l'objet de mes plus
tendres desirs avec les préalables que
vous venez de proposer vous-même,
& vous êtes libre de partir à l'heure
même. Je vous ai donné ma parole,
reprit Dom Pédre, rien dans le monde n'est capable de m'y faire man-
quer.

Le Roi trembloit à chaque instant
que la politique ne le trahit, & que
Dom Pédre, qu'il connoissoit fier &
impétueux, ne se porta à quelque
extrêmité qui pût nuire à ses desseins
secrets; Il brisa là-dessus l'entretien,
& se donna lui-même la peine d'apeller Menquès qui attendoit ses ordres
dans une chambre voisine. Dès qu'il
parût à ses yeux il lui donna ordre
de faire fournir à Dom Pédre tout ce
qui lui convenoit pour partir la même nuit. Il lui nomma un Gentilhomme de confiance pour le suivre auquel Keelmie devoit être remise, &
qui devoit la ramener en Espagne;
en un mot cette affaire interressoit

 de

de maniére le Monarque cruel, qu'il
entra lui-méme dans le détail de toutes ces chofes, & les mit bien-tôt au
point où il defiroit.

Dom Pe'dre ne fe trouva pas plûtôt feul avec Menquès, qu'il le re-
mercia de fes bontés généreufes, le
premier Miniftre lui ferra la main en
le priant qu'il n'en fut jamais parlé.
Il lui confeilla enfuite de faire enforte
que le Roi fon Maître ne pût fçavoir
en quel lieu il vivoit : je tremble des
retours de ce Prince, lui dit-il à l'o-
reille, vous le connoiffez, il a pu
découvrir où vous étiez, malgré
toutes les précautions que vous aviez
prifes pour être caché, jugez des
rifques que vous courreriez s'il par-
vient à le fçavoir une feconde fois.
Que ce qui vient d'arriver fe grave
profondément dans votre ame, afin
que vous ne vous trouviez jamais
dans une pareille occafion.

En attendant que la chaife qu'on
préparoit fut préte, Dom Pédre demanda à Menquès par quel miracle
le perfide Gufman avoit échapé au
naufrage dont il étoit inftruit : com-
ment

ment il étoit possible, après l'outrage qu'il avoit fait au Roi d'enlever Keelmie, qu'il fut parvenu à faire sa paix, & à regagner sa confiance. Ce que vous desirez d'apprendre ne blesse point les loix sévéres de mon honneur & de mon devoir, prit Menquès, je veux bien en cette considération vous satisfaire, mais tenez vous-en s'il vous plaît à cette seule question que je vais résoudre, sans quoi vous me mettriez dans le cas de vous refuser, & de devenir suspect par une plus longue conférence. Les murs chez les Rois ont des oreilles & des yeux, vous m'entendez, il suffit: voici l'éclaircissement que vous desirez.

LE Roi ne fut pas plûtôt informé de l'enlevement de Keelmie par Gusman Dalinkaras, qu'il devint d'une fureur sans égale; il vouloit lui-même courir aprés les ravisseurs, il détacha tant de troupes, & donna des ordres si formels aux Officiers qui les commandoient, en leur enjoignant de ne point ménager leurs chevaux afin de joindre plus promp-

tement

tement les fugitifs, qu'il s'en fallut peu qu'ils ne parvinssent à les r'attraper : sans la mer, qui fit échaper Gusman avec sa proye, il auroit payé de sa vie son attentat, mais sa destinée trop heureuse en décida autrement.

Le Roi furieux de voir son attente trompée, ne se contenta pas de punir sévérement ceux qu'il avoit chargés de ces ordres, il fit même une déclaration par laquelle il mettoit à un prix exorbitant la tête de Gusman, il annonça la récompense la plus attrayante pour celui qui le lui rameneroit vivant, & une somme immense, en cas qu'on fut assez fortuné pour parvenir à sçavoir ce qu'étoit devenuë Keelmie ; la publication étoit suivie d'un double signalement, & il n'y avoit pas lieu de douter que tant de soins ne fussent suivis de l'heureuse issuë que le Monarque s'en étoit promis.

En effet, à peine l'année fut-elle écoulée, que le Roi reçût une lettre de Gusman même : elle m'a toûjours paru si singuliére que je ne l'ai jamais
oubliée,

oubliée, & que j'en ai retenu jufqu'aux moindres fillabes : vous en
allez juger.

LETTRE.

DE GUSMAN DALINKARAS,

AU ROI D'ESPAGNE.

SIRE,

» GUSMAN DALINKARAS fugitif,
» & dont la tête eft profcrite,
» & mife à prix par Votre Majefté,
» n'a pas joui du précieux avantage
» pour lequel il s'étoit banni volon-
» tairement de fa Patrie. Un naufra-
» ge cruel a fait périr fon Vaiffeau,
» dans des mers éloignées : il devoit
» lui-même être englouti dans les
» ondes en fureur ; des Sauvages
» compatiffans l'ont arraché au dan-
» ger affreux où il étoit expofé. En
» entrant en Europe par un autre
» miracle, qu'aprend-t'il, qu'on le
» cherche en tous lieux, que fa tête
» eft profcrite par Votre Majefté,

» & qu'il ne peut échaper à la desti-
» née effroyable qui le menace : ô
» Ciel que devient-il à ces terribles
» nouvelles, quel parti prendre dans
» cette affreuse extrêmité, il ne voit
» qu'un moïen seul pour faire sa paix,
» il le propose, sera-t'il écouté. »

» LE fugitif Dalinkaras devenu
» esclave par une suite de ses mal-
» heurs, se trouve chez un Maître
» dans un coin de la terre où il a
» reconnu la Princesse Emilie, Sœur
» de son Roi : Gusman n'ignore pas
» les justes sujets que Roi son Fre-
» re a de poursuivre la vengeance
» des affronts qui lui ont été faits ;
» qu'elle fasse grace pour prix de
» cette faveur, on lui promet son
» ministére pour la venger, Gusman
» ne reparoîtra aux yeux de son Maî-
» tre que la tête des coupables à la
» main. »

LE reste de cette lettre, continua
Menquès, étoit le plan de l'entrepri-
se : il mandoit qu'Emilie étoit seule
dans la maison, qu'il chercheroit les
momens de la nuit où elle seroit enfermée avec Dom Pédre qu'il soupçonnoit

çonnoit être dans la même Ville, mais qui n'étoit pas connu sous son vrai nom ; il demandoit de l'argent pour préparer sa fuite , & une promesse de récompenser quatre hommes, dont il avoit besoin pour l'exécution de ses projets , & il indiquoit ensuite une adresse sûre en Angleterre pour avoir réponse à sa lettre : rien n'étoit oublié , les mesures prises pour exécuter ce terrible projet, paroissoient infaillibles, tout y étoit parfaitement médité.

PENDANT que Menquès raportoit ces choses, Dom Pédre frémissoit, il se contint avec peine , les larmes s'ouvroient malgré lui un passage, tout lui annonçoit l'affreux malheur qu'il n'avoit déja que trop soupçonné.

LE Roi, poursuivit le premier Ministre, reçût cette lettre avec des sentimens partagés; d'un côté il trembloit que Keelmie n'eut péri dans le naufrage qui lui étoit annoncé, & de l'autre il se flattoit que le même miracle qui s'étoit fait en faveur de Gusman, pouvoit avoir sauvé sa Maîtresse :
après

après des réfléxions à ce sujet tantôt tristes, tantôt moins affligeantes, il prit le parti d'écrire à Gusman. Le projet de se venger de vous, Dom Pédre, & de sa Sœur, succéda aux premiéres idées, il ne pouvoit se persuader que vous fussiez échapés l'un & l'autre à l'horreur de votre suplice, la conjecture lui parut cependant trop importante, pour ne pas la vérifier : en cette considération, il se résolut de promettre la grace à Dom Gusman, à condition qu'il tiendroit les paroles affreuses qu'il avoit avancé.

QUE vous dirai-je de plus, Gusman risqua le tout pour le tout ; il avoua au Roi en arrivant, qu'il avoit été bien hardi pour oser aporter sa téte, qu'il avoit pris son parti, & qu'il aimoit autant mourir tout d'un coup que d'être sans cesse dans les apréhensions cruelles de son sort, & d'être pour jamais privé de ses bonnes graces ; il assûra que la Princesse Emilie vivoit, & en donna des preuves si convaincantes, que le Roi le crut, & le somma d'exécuter le

projet

projet qu'il avoit conçu, avec pro-
meſſe que s'il réuſſiſſoit dans cet horrible projet, que ſa confiance, ſon
rang & ſes biens lui ſeroient rendus,
à l'inſtant.

Mon cher Dom Pédre, ajoûta le
premier Miniſtre, Guſman repartit
après avoir mis le Roi au fait de toutes ſes avantures, & lui avoit fait
eſpérer, pour lui faire ſa cour ſans
doute, que Keelmie étoit échapée
du naufrage, & qu'à force d'enquête il
parviendroit peut-être à la retrouver:
vous arrivâtes pendant que ce lâche
Courtiſan exécutoit peut-être ſes deſ-
ſeins criminels. Vous ſçavez le reſte
& vous n'ignorez pas ma ſenſibilité
pour vos malheurs, & les ſoins que
je me ſuis donné pour vous en faire
éviter un plus grand : ne m'en de-
mandez pas davantage ; on vient,
c'eſt le Marquis della Doloré qui doit
vous accompagner, que votre prudence ſoit votre guide, & que le Ciel
propice vous rende plus heureux que
vous ne l'avez été juſqu'ici.

Dom Pe'dre auroit voulu faire
expliquer Menquès ſur un point dont

il n'ofoit demander lui-même l'expli-
cation, mais le premier Miniftre fe
retira froidement fans lui répondre:
le Marquis aprochoit & le premier
Miniftre, qui fçavoit l'art de fe conduire, ne voúloit pas qu'on pût foupçonner l'entretien qu'il venoit d'avoir
avec Dom Pédre, & la part qu'il prenoit à fes malheurs.

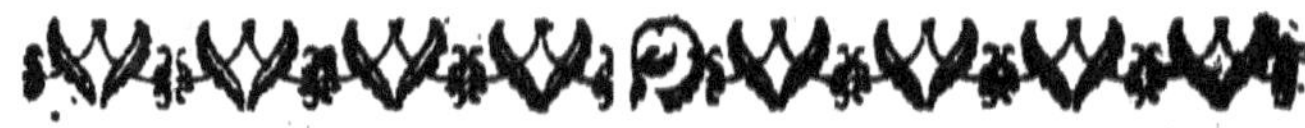

CHAPITRE XXI.

SI Dom Pédre pendant le cours de
fon voyage étoit accablé des réfléxions les plus cruelles & de la douleur la plus profonde, Criftanval fon
Fils ne fouffroit pas moins de la fi-
tuation funefte où il fe trouvoit.
Quoique les Juges n'euffent pû jufqu'alors le convaincre du crime atro-
ce qu'on lui imputoit, & qu'au contraire, on eut découvert par les
voyes des enquêtes qu'un Efpagnol
fuivi de quatre autres s'étoient fau-
vés le jour que le Roi & Emilie
avoient été affaffinés, on ne laiffoit
pas

pas que de le pourſuivre comme s'il
en eut été le Criminel, & on avoit
l'injuſtice de faire ſervir de convic-
tion à ſon crime, des témoignages
qui devoient être à ſa décharge; on
ſupoſoit que les Etrangers fugitifs
étoient complices de l'Aſſaſſinat, &
que Dom Pédre, ſous prétexte de ſon
Ambaſſade, avoit profité de cette
occaſion, qu'il avoit fait naître d'in-
telligence avec le Roi d'Eſpagne,
pour former une conjuration dont
les premiers ſuccès n'avoient que
trop malheureuſement réuſſi.

La Reine étoit la ſeule qui juſtifiât
dans ſon cœur le malheureux Criſtanval, elle ne pouvoit prendre ſur elle de
l'accuſer, & encore moins de le con-
damner; la veille du jour que la Loi
l'obligeoit à ſigner ſon Jugement,
elle fut dans des agitations les plus
cruelles. D'où vient donc qu'il m'en
coûte tant pour faire périr un homme qui doit m'être indifférent, diſoit-
elle à ſa Favorite ? Pourquoi mon
cœur, ce triſte cœur, ſaigne-t'il,
lorſqu'il s'agit de ſigner ſa condam-
nation ? que m'importe que ſa tête
vole

vole fur un échafaut, mais que dis-
je, la voix de l'innocence n'eſt-elle
pas fuffiſante pour cauſer ces mouvemens qui m'accablent, pourquoi
en rougirois-je ? ô Sauvages que je
gouvernois avec tant de douceur,
pourſuivoit-elle, que ne fuis-je encore parmi vous ? hélas ! que j'étois
tranquile en comparaiſon de l'état où
je me trouve aujourd'hui, je com-
mandois à des Peuples moins éclairés, il eſt vrai, mais auſſi le vice
reſpectoit-il leur ignorance; la paix
qui régnoit dans mon cœur fuffifoit
pour faire ma félicité, & je n'étois
pas fans ceſſe en proye à tous les
événemens cruels dont il eſt déchiré
dans ces tems de troubles & d'horreurs.

QUELQUES favorables que fuſſent
les diſpoſitions de la Reine pour
Criſtanval, elle fut obligée le lendemain de ſigner l'Arrêt qui le condam-
noit lui & ſon Pere à la mort. Il fut
heureux qu'on attribuât à la douleur
de cette Princeſſe, les larmes qu'elle
ne pût s'empêcher de répandre : on
fupoſa que le ſouvenir de la mort
d'un

d'un Roi qu'elle avoit tant de lieu de regréter, étoit la source de ses précieuses larmes, mais elles avoient un principe bien plus constant, la suite de cette Histoire le fera concevoir aisément.

Des que cet Acte injuste fut revêtu de toutes ses formes, on fit les préparatifs accoutumés pour faire mourir le Criminel avec éclat. Pour ce qui étoit de Dom Pédre, on devoit l'exécuter en éfigie, diffamer sa mémoire, le dégrader de toutes ses Dignités, le déclarer Traître, & l'inscrire sur les Regiftres de l'Etat, avec tous les titres qui pouvoient le rendre exécrable aux yeux de tout l'Univers, & à ceux de la Postérité. L'on devoit encore mettre sa tête à prix, & afin de le perdre tôt ou tard, envoyer de jours en jours de Assassins d'Angleterre en Espagne pour parvenir enfin à se défaire de lui. On se persuadoit bien qu'il étoit sur ses gardes, instruit comme il étoit naturel qu'il le fût, de tout ce qui s'étoit passé; mais on ne perdoit point l'espoir de trouver les moyens de le faire

faire périr comme on s'imaginoit qu'il le méritoit.

LA nuit, qui précédoit le jour choi-si, pour l'exécution de cette inique Sentence, la Reine fit un songe qui la réveilla en sursaut. Keelmie couchoit dans sa chambre ; & depuis l'affreux événement qui lui avoit arraché son Pere, & son Roi, elle vivoit dans une agitation qui l'empêchoit de prendre aucun repos : elle se leva avec précipitation, & vint sçavoir ce qui pouvoit occasionner les plaintes de la Reine : ah ! Keelmie, s'écria cette Princesse, en la faisant coucher à côté d'elle, je meurs d'effroi & de douleur, je viens de faire un rêve effroyable, dont la suite & la fin me persuadent qu'il est significatif, & qui me présagent les horreurs les plus affreuses.

IL m'a semblé que j'étois chez les Sauvages que j'ai commandé avant que d'etre Reine de ces lieux, & que tous mes Peuples m'environnoient en pleurant, je leur ai demandé avec un tendre intérét la cause de leurs larmes : vous nous quittez m'a dit l'un l'un des plus Anciens, & c'eſt-là la cauſe de nos pleurs & de nos regrets; que ne paſſez-vous des jours tranquiles avec nous, au lieu de nous abandonner ; ſçavez-vous bien la deſtinée cruelle qui vous attend ſi vous vous éloignez de ces climats; ô Ciel! qu'oſez-vous hazarder, que de crimes vous environnent, quelle terrible fin vous eſt préparée ! O Princeſſe trop infortunée, tu donneras la mort à ton Pere, à ton Frere, à ton Epoux à la fois ! l'Inceſte & le Parricide te ſont réſervés en deſcendant du Trône tu deſcendras toi-même dans le tombeau ; tel eſt l'arrêt du Sort, tu ne ſçaurois t'en préſerver.

La Reine en achevant ces mots, ſe mit à pleurer amérement, voilà le ſonge cruel que j'ai fait, dit-elle, & les propres diſcours qui m'ont été tenus ; je n'en ai pas oublié une ſeule parole, ils ſeront à jamais gravés dans ma mémoire, non, Keelmie, je ne les oublierai jamais : que dois je conjecturer de ces préſages affreux ; que dois-je faire grand Dieu ! pour

empêcher qu'ils n'ayent lieu, je frémis de secrettes horreurs, je tremble, je m'agite, je ne vois que troubles, chagrins, événemens funestes;
quoi je ne reverrois un Pere & des
Parens après lesquels je soûpire sans
cesse, que pour leur plonger le poignard dans le sein, moi Parricide,
moi ? ah Ciel ! plûtôt mourir mille
fois : préservez-moi grand Dieu de
ces malheurs affreux, ou reprenez une
vie qui m'est à charge, & que je détes-
terois s'il étoit possible que je pusse jamais donner lieu à un destin si cruel.

Quelqu'effraye'e que fût Keelmie elle-même de toutes ces choses, elle fit tout ce qu'elle put pour
rassûrer la Reine : pourquoi vous
agiter, lui dit-elle d'un rêve trom-
peur, vertueuse comme vous l'avez
été jusqu'ici, devez-vous craindre
de pareils crimes, osez-vous soupçonner de semblables malheurs : non
non, Votre Majesté n'a jamais fait
que du bien, le crime trembleroit à
votre seul aspect, & vous le crai-
gnez ; rejettez ces agitations sur la
bonté de votre cœur, qui gémit en
secret

fecret d'avoir été forcé de figner l'arrêt de deux hommes innocens; votre ame inquiéte d'être fouillée d'une obligation funefte, s'eft agitée, a répandu dans vos efprits troublés ces fantômes qui vous font aparus, remettez-vous donc, ô Reine adorable, la vertu fe déclare pour vous, elle doit répondre de l'innocence de vos mœurs, & faire évanouir des chiméres qui ne peuvent jamais avoir l'ombre du doute, & encore moins de la réalité.

QUELQUE confolant que fût ce difcours, il ne fut point capable de raffûrer la Reine : elle paffa une partie de la nuit à s'agiter, envain tenta-t'elle de prendre du repos, à peine avoit-elle les yeux fermés qu'elle les rouvroit avec effroi ; tantôt elle voyoit Dom Pédre, trifte, abbatu, chargé de fers qui lui tendoit les bras, & qui lui reprochoit fa cruauté; un moment après, l'échafaut affreux où devoit périr Criftanval s'aparoiffoit à fon imagination troublée avec fon funefte apareil : elle y voyoit monter l'innocente victime

 dont

dont elle avoit figné la condamna-
tion, déja le fer cruel fe préparoit,
& lui alloit faire voler la tête ; arrête,
s'écrioit-elle en fe levant, & en éten-
dant les bras, arrête, refpecte l'innocence ... La Reine reconnoiffoit
alors fon erreur, & fe laiffoit tomber fur fon lit avec un air d'égare-
ment qui ne prouvoit que trop l'agitation de fon ame, & ce que peut la
nature fur des cœurs compatiffans.

CET état cruel étoit trop violent
pour qu'il pût durer plus long-tems,
la Reine accablée s'affoupit infenfi-
blement. Keelmie qui n'avoit goûté
aucun repos depuis le jour fatal qui
lui avoit enlevé fon Pere, & l'efpoir
de jouir du bien après lequel elle foû-
piroit depuis fi long-tems, s'endor-
mit auffi peu de momens après. O
fommeil que tes confolations font
douces & puiffantes, tous les chagrins s'enféveliffent dans tes bras,
l'on te compare à la mort avec raifon, mais fi tu en es l'image, l'on
doit auffi convenir que tu es le cen-
tre du repos !

APRE'S nous être arrêté quelques
momens

momens sur ce qui se passe en Angleterre, ne convient-il pas de faire un
tour en Espagne, oui sans doute,
l'on nous y prépare des événemens
qui ne contribueront pas peu au dé-
nouement de cette Histoire.

A PEINE Dom Pédre fut-il sorti du
Cabinet du Roi d'Espagne, que le
Roi se mit à écrire; sa lettre ache-
vée, il fit apeller Gusman Dalinkaras. Ta méprise est affreuse, lui dit-
il, lorsqu'il fut en sa presence, si je
suis assez malheureux pour que les
moyens que j'ai imaginés pour la réparer ne réussissent pas, je me trouve-
rai dans les embarras les plus cruels:
tous les Rois se réuniront pour m'accabler. Il s'agit donc, ô Sujet impru-
dent, de prévenir un éclat si funeste,
il faut que tu parte, & que tu prenne
un chemin oposé à celui de Dom Pédre, & faire en sorte d'arriver avant
lui en Angleterre, te charger de la
tête fatale dont tu m'as fait le funeste
present, l'enfermer dans une boëte,
y mettre l'adresse de Dom Pédre à
Madrid, & y attacher cette lettre
dont la lecture te mettra sur le champ
au

au fait de mes secrettes intentions.

Le Roi tira alors son papier, &
ordonna au perfide Gusman d'en faire
la lecture, il étoit conçu dans ces
termes.

LETTRE

de Dom Cristanvae

a Dom Pedre.

Supofée par le Roi d'Efpagne.

G*Ardez-vous bien, Seigneur, d'ou*
vrir la caffette, que je vous envoye
par un Efclave étranger, devant qui que
ce foit : le fecret qui y eft renfermé, fuffit
pour vous prouver que vos deffeins font
exactement remplis. Je me fers d'une
écriture étrangére pour vous en inftruire,
vous fçavez de quoi il eft queftion & cela
fuffit, rien ne tranfpire, vous pouvez
arriver, tout eft prêt pour mettre la der-
niere main à vos projets.

De's que tu fera en Angleterre,
continua le Roi barbare, tu acheteras un efclave, tu lui diras que tu
t'apelle

t'apelle Dom Criftanval, & tu le char-
geras de la lettre, & de la Caffette :
laiffe à la deftinée de Dom Pédre à
faire le refte, tu conçois que l'Efclave fera arrété, qu'on voudra fçavoir
à qui il eft, & que le fecret fatal de la
téte fera fon effet. O Dieux ! quelle
douceur pour ma vengeance, elle
fera complette ; je vois Dom Pédre
chargé de chaînes, il eft déja fur l'é-
chafaut : oui, je le vois pâle, interdit,
& je jouis d'avance de fon fuplice
affreux ; va Gufman, pars, vole,
mes tréfors te font ouverts, épuifes-
les s'il le faut, pourvû que mes vûës
s'accompliffent, comme je n'en fais
aucun doute : tout réuffira, je t'attens
avec des nouvelles certaines de leur
effet, conçois-tu bien la joye que tu
vas me donner, non, Gufman, rien
ne peut l'égaler, tout ce qu'il y a de
plus grand & de plus riche dans mes
Royaumes, va te récompenfer à ton
retour, d'un fervice que jamais rien
ne fera capable de me faire oublier.

Le lâche Miniftre des cruautés du
Roi le plus cruel, accepta ferville-
ment cet odieux Emploi : dans un
inftant

inſtant tout fut préparé pour ſon fatal voyage. Ah grand Dieu! permettez-vous qu'il exécute un projet auſſi noir, mais taiſons-nous, le Ciel eſt juſte: qu'il puniſſe ou qu'il foudroye, c'eſt à nous d'adorer ſes decrets, de nous ſoûmeure, & quoi qu'il arrive, de n'en jamais murmurer.

CHAPITRE XXII.

L E jour marqué pour faire mourir les innocens Criminels, le Greffier en Chef accompagné des Juges ſe mit en marche au lever du Soleil ſelon l'uſage de ces tems éloignez, pour ſe tranſporter chez la Reine, & lui demander ſes derniers ordres pour lire la ſentence à Criſtanval, & pour le faire monter ſur l'échafaut. Cette aimable Princeſſe, qui s'attendoit à cette fatale cérémonie, frémit de douleur, lorſqu'elle entendit le ſon des trompettes lugûbres, qui annonçoient la viſite qu'on

venoit

venoit lui rendre : elle étoit dans ce moment avec fa Favorite & la belle Keelmie ; elle repandoit dans leur fein fa douleur & fes larmes, je vais donc leur dit-elle, oprimer l'inno-cence, & faire périr ce qu'il y a peut-être dans le monde de plus bra-ve & de plus vertueux, & la loi cruelle qui m'y oblige ne me permet pas d'en gémir : elle achevoit à peine ces derniéres paroles, que les Magi-ftrats fe prefentérent à fes yeux : con-folez-vous, ô grande Reine, lui dit un genoüil en terre celui qui préfidoit, vous ferez vangée avant la fin du jour, le fuplice eft prêt, voilà l'acte équitable du jugement des Crimi-nels, il n'y manque plus que le feing, & le fceau de Votre Majefté pour lui donner la derniére force, & pour le mettre en état d'être exé-cuté felon fa forme, fa teneur, & généralement felon les vœux de tout le Royaume.

Apre's ce peu de mots, la Sen-tence fut luë à haute voix, il fallut toute la prudence de la Reine, pour contenir fa profonde douleur. Elle fe

recueillit en elle-même pendant cette
lecture, & chercha intérieurement les
moyens d'éloigner l'exécution projet-
tée, sans qu'elle donna lieu de faire
soupçonner l'intérêt secret qu'elle
prenoit dans cette affaire, le Ciel
l'inspiroit. Remettons ce Suplice leur
dit-elle, à un autre tems, tous les
Criminels ne sont pas encore connus, d'ailleurs, j'ai des raisons essen-
tielles pour différer ; le prétexte
qu'elle suposa, parut plausible : elle
assûra qu'elle avoit eu avis un moment auparavant, qu'il s'étoit formé
un parti en faveur de Cristanval, &
que les Conjurés devoient se porter
aux derniéres violences contre l'Etat
dans le moment qu'on le sortiroit de
prison, pour le conduire à l'échafaut.
La vivacité de son esprit lui suggéra
une Histoire qui avoit tout l'air de la
vrai semblance & de la vérité ; loin
qu'on soupçonna la Reine d'aucune
sorte de motif, l'on aplaudit à sa
prudence, & après un délibéré sur
ce qu'elle avoit avancé, les Juges
se retirérent, & firent publier que
l'exécution étoit différée, pour des
raisons

raiſons qui ſeroient expliquées dans leur tems.

PENDANT que la Souveraine d'Angleterre s'aplaudit d'avoir différé un acte cruel dont la ſeule idée faiſoit frémir d'horreur, la reconnoiſſante Keelmie mettoit tout en uſage pour empêcher qu'il n'eut lieu. Ce n'étoit pas qu'elle ne fut pénétrée de la triſte perte qu'elle avoit fait de ſon Pere : elle auroit puni de ſa propre main les Aſſaſſins ſi elle les eut connus, mais elle avoit de Dom Pédre & de ſon Fils, une opinion ſi favorable, qu'elle n'avoit jamais oſé les ſoupçonner d'un Attentat auſſi barbare, ſoit que ſa gratitude l'eut prévenuë pour ces illuſtres malheureux, ou que leur innocence parlât pour eux, elle les regardoit comme des victimes infortunées, ſe faiſoit un devoir d'agir ſecrettement en leur faveur.

ELLE n'avoit pas peu contribué à déterminer la Reine ſur le délai de leur Suplice; il ne ſe paſſoit point de momens dans le jour qu'elle ne remontra à cette Princeſſe l'odieuſe injuſtice qu'on étoit à la veille de

E 2   commettre,

commettre, faisant périr des personnes à qui l'Angleterre devoit son Salut; mais quelque favorable que leur fut la Reine, elle n'ofoit laisser entre-voir les dispositions secrettes qui la, décidoient. Dans la conjecture délicate où elle se trouvoit, c'eut été se rendre en quelque façon indigne du haut rang qu'elle occupoit: il falloit du sang pour apaiser les mânes d'un Monarque chéri, & le ressentiment d'un Peuple idolâtre; c'étoit un crime de s'y oposer, en un mot quelque pathétiques que fussent les recommandations de Keelmie, sans ces mouvemens secrets dont la Reine étoit prévenuë, dont ont a parlé, & dont on aprendra dans son lieu les véritables motifs, elle n'eut jamais pris sur elle de s'expliquer de la maniére dont on l'a raporté.

QUELLE que fut la confiance de Keelmie en la Reine, elle n'avoit pas cru devoir s'y arrêter entiérement; elle avoit dépêché un Courier à Dom Pédre dès le moment qu'elle avoit été informée des mesures qu'on prenoit pour le perdre: l'homme dont

elle

elle s'étoit fervie avoit eu ordre de lui rendre fes dépéches en main propre ; & elle fe flattoit qu'étant inftruit à tems, de tout ce qui s'étoit paffé pendant fon abfence, & des rifques que fon Fils couroit en Angleterre, il trouveroit des moyens pour l'arracher au terrible malheur dont il étoit menacé, & qu'il ne fe mettroit pas dans le cas lui-même, d'avoir rien à craindre des conjectures affreufes où il fe trouvoit.

Le Courier dont la fille de Milord Portemhil fe fervit, étoit un Gentilhomme de tout tems attaché à feu fon Pere, & qui joignoit à l'ardeur de fervir la fille, un ardent defir de venger la mort d'un Maître, auquel il étoit attaché depuis fa plus tendre jeuneffe ; il fe chargea même avec d'autant plus d'empreffement de la commiffion, qu'il avoit beaucoup d'obligation à Dom Pédre. Pendant que ce grand homme commandoit l'armée d'Angleterre, il avoit avancé un Fils que ce Gentilhomme avoit au Service : dans les cœurs bienfaits la reconnoiffance a de la cha-

leur,

leur, elle brûle de se signaler.

L'AGENT de Keelmie partit dans ces dispositions, il rencontra Dom Pédre dans la route. Après lui avoir remi ses dépêches, il l'avertit qu'il étoit prêt à recevoir ses ordres, & qu'il n'y avoit rien de difficile qu'il n'entreprit pour lui prouver son zèle, & le parfait attachement qu'il lui avoit consacré.

QUOIQUE Dom Pédre ● s'attendre aux plus cruels événemens, après ce qui s'étoit passé en Espagne, il pâlit en lisant les lettres qui lui étoient écrites. Les pleurs s'ouvrirent un libre passage, en aprenant la perte d'une Epouse qu'il avoit aimée avec tant de tendresse, & de vénération. Il se fit raporter de quelle maniére les choses étoient arrivées, & il jugea bien par ce détail, que Gusman Dalinkaras étoit l'Auteur de cet Assassinat : il dévora sa douleur en méditant les moyens les plus affreux de se venger, il connoissoit la sensibilité du Roi barbare qui lui avoit enlevé ce qu'il avoit de plus cher dans le monde, il vouloit l'accabler

bler

bler à son tour , parce qui étoit capable de le faire gémir pour jamais,
& de le plonger dans le plus affreux
défefpoir.

A l'égard des rifques dont il étoit
menacé, il les méprifa : il affûra le
Gentilhomme que bien loin de fuir
comme on le lui confeilloit, il alloit
au contraire preffer fon retour, que
le feul moyen de fauver les jours de
fon Fils, & les fiens, c'étoit de juftifier fon Innocence, il ajoûta qu'il
valoit mieux qu'ils périffent l'un &
l'autre, que d'échaper à l'ignominie
en laiffant fubfifter les foupçons d'y
avoir donné lieu. Envain l'Agent de
Kéelmie voulut-il réfuter cette dan-
gereufe maxime, en lui reprefentant
que c'étoit vouloir perdre Dom Criftanval, & fe perdre, l'Ambaffadeur
fut infléxible , & garda un filence
févére qui devenoit un trifte préfa-
ge des nouvelles horreurs qui fe préparoient.

Que n'eft-il permis de jetter un
voile épais fur l'affreux incident qui
fe médite , pourquoi la vérité de
l'Hiftoire nous contraint-elle de faire

ce funeste détail : le croira-t'on ;
poura-t'on se persuader que le brave
Dom Pédre qui nous a donné lieu jusqu'ici de l'admirer, ait été capable
de se porter à des actes aussi barbares
que le Roi d'Espagne ? nous n'en-
treprendrons point de le justifier ni
de représenter les justes motifs de
son désespoir, le crime ne trouve
point de raison qui l'excuse, le Héros
doit en ignorer jusqu'au nom.

APRE'S une heure d'une rêverie
sombre & funeste, Dom Pédre adres-
sa ces mots à l'Agent de Keelmie, j'ai
trouvé les moyens, dit-il, de me
venger d'un Roi à qui l'Angleterre
& moi nous devons nos malheurs :
il ne s'agit que de les mettre en usage,
pendant que je suis encore libre,
il faut en profiter ; retournez vers
Keelmie, remettez-lui cette moitié
de médaille, & qu'elle parte sur le
champ ; je l'attendrai sur la Frontiére, je ne puis vous en dire d'avantage pour le présent, le Marquis
della Doloré m'observe, il ne faut lui
donner aucun lieu de se défier de mes
projets, je suis encore sur les terres
du

du Roi ſon Maître, il lui ſeroit facile de les faire échouër. Après ce peu de mots, Dom Pédre écrivit à Keelmie, il lui mandoit qu'il avoit des choſes de la derniére conſéquence à lui communiquer, la prioit de partir ſecrétement & de ſe rendre à une Ville qu'il déſignoit dans un hotellerie, où après avoir été averti de ſon arrivée, il devoit aller conférer avec elle des choſes les plus importantes; ſans entrer dans aucun détail, il piquoit ſa curioſité & il la mettoit dans le cas de tout eſpérer.

Le Gentilhomme partit ſur le champ avec ces ordres : ils ne p r-vinrent pas plutôt à Keelmie qu'elle ſe mit en chemin avec une joye extrême : elle n'avoit garde de prévoir qu'elle couroit à ſa perte, & qu'elle alloit être la victime innocente de la vengeance & du déſeſpoir.

Pendant que ces choſes ſe paſ-ſoient, Guſman Dalinkaras ſe preſſoit d'arriver en Angleterre ; une nuit qu'il traverſoit une forêt, il s'égara dans le bois, & lorſqu'il en fut ſorti, le hazard permit qu'il fut conduit dans

la

la même Ville & dans la même hôtellerie où Dom Pédre étoit descendu, & où il attendoit l'arrivée de l'infortunée Keelmie. Gusman trembla en reconnoissant un des gens de Dom Pédre, il jugea qu'il se trouvoit dans la même maison que lui, & cette conjecture l'inquiétta au dernier point ; il connoissoit la valeur de ce grand homme, il sçavoit combien il étoit digne de sa colére & de sa vengeance, & il soupçonnoit aussi que s'il étoit reconnu, sa politique même n'étoit pas capable de le mettre à l'abri de sa fureur.

DANS cet esprit, le lâche Gusman résolut de se cacher de l'Hôtellerie & de n'en sortir que la nuit suivante, il donna ses ordres en conséquence de cette résolution, & en attendant l'heure de son départ il s'enferma dans sa chambre avec un inquiétude extréme ; il sembloit quil eut un secret pressentiment de ce qui devoit lui arriver.

LE hazard enfante tous les jours les événemens les plus extraordinaires ; ce qui suit en est une preuve bien certaine :

certaine : la fage Keelmie arriva
précifément la nuit que Gufman avoit
choifi pour continuer fa route ; Dom
Pédre averti de fon arrivée fortit auffi-
tôt de fa chambre pour fe rendre dans
la maifon où elle étoit ; en paffant
une forte de Coridor qui diftribuoit
différentes iffues pour les chambres
des Paffagers, il rencontra Gufman
Dalinkaras : il jetta un cry d'effroy &
d'horreur en le reconnoiffant, & mit
le fabre à la main ; Gufman qui fortoit
pour éviter cette rencontre & qui
n'avoit eu garde de prévoir que l'heure indue qu'il avoit choifie , feroit
précifément celle où il le trouveroit ,
frémit de fon côté & fe fauva dans
fon Appartement : le furieux Dom
Pédre l'y fuivit, il faut perdre la vie,
s'écria-t'il en y entrant avec lui , il
n'eft rien qui puiffe te fouftraire à
mon jufte reffentiment , s'il eft vrai
qu'un lâche puiffe être brave deffens-
toi , mais je te jure fur ce qu'il y a de
plus facré qu'il n'y a point de miféri-
corde , il faut que je périffe où que
je t'arrache un vie dont l'exiftance a
fait tous mes malheurs.

LE

LE Malheureux Gufman voulut entrer en pourparler & modérer le reffentiment de Dom Pédre , en lui faifant entendre que s'il vouloit lui pardonner , qu'il étoit prêt à lui fournir les moyens de fe venger du principal Auteur de fes infortunes ; Dom Pédre ne lui répondit qu'à coups de fabre ; envain Gufman voulut-il les parer , de deux coups portés par la valeur & par le reffentiment, il le mit en état de n'avoir plus rien à craindre de fa réfiftance : Gufman tomba fur fes deux genoux autant de frayeur que de fes bleffures , en le fupliant avec de honteufes larmes de ne pas l'achever. J'en mourrai s'écria-t'il , laiffe-moi du moins le peu d'inftans que j'ai à vivre pour me reconnoître, & pour te fervir. Non , non reprit le furieux Dom Pédre , ce n'eft pas affez , je ne fuis pas content , un monftre comme toi doit périr , & en prononçant ces derniers mots , il leva le fabre pour lui couper la tête, arrête dit Gufman en jettant un cry affreux , j'ai des fecrets de la derniere importance à te communiquer , il y

va

va de la vie de ton Fils à les ignorer,
il y va de la tienne, laiſſe-moy le
tems de te les dire; permets que je
me reconcilie avec le Ciel irrité contre moi, après cela tranche le fil
d'une vie malheureuſe : puiſque tu
ne veux pas me la laiſſer, je n'en
murmurerai point, je ſçais que j'ai
mérité ta fureur & le précipice affreux dans lequel je ſuis tombé.

Ces derniers mots ſuſpendirent la
fureur de Dom Pédre, i étoit queſ-
tion d'un Fils qu'il aimoit tendrement
la nature le calma : parle lui dit-il en
en abbaiſſant ſon ſabre : de ta ſincé-
rité dépend ta grace, ou ton ſupplice;
les inſtans ſont précieux, tâche d'en
profiter. Le lâche Guſman ſe dépê-
cha d'apprendre à Dom Pédre les raiſ-
ſons ſcrettes qui l'avoient fait partir pour l'Angleterre, & les ordres
qu'il avoit de ſe défaire de lui, dès
qu'il auroit mis Keelmie entre les
mains du Marquis della Doloré. Après
ce détail, Dom Pédre voulut être inſ-
truit de celui qui le touchoit le plus ;
de quel renouvellement de fureur ne
fut-il pas tranſporté en apprenant le
lâche

lâche affaſſinat de la Princeſſe ſa femme, va s'écria-t'il tu es un monſtre d'horreur, ſi je m'en croyois, je t'arracherois ta vie criminelle, mais j'ai beſoin de ce qu'il t'en reſte pour achever de te rendre un objet d'éxécration à la face du Ciel & de la Terre : dans un inſtant je m'expliquerai. En achevant ces mots Dom Pédre ſortit & enferma Guſman dans ſon Appartement, en lui jurant que s'il jettoit aucun cry, qu'il rentreroit pour l'achever ; il envoya à l'Hôtellerie où étoit Keelmie un homme en qui il avoit un entiére confiance, avec ordre de la lui amener avec le plus de ſecret qu'il lui ſeroit poſſible : enſuite il rentra dans la chambre de Guſman, il lui banda lui-même ſes bleſſures, en lui promettant qu'il lui enverroit chercher dans peu un Chirurgien & un Prêtre ; & afin de lui conſerver des forces néceſſaires pour éxécuter le plus affreux deſſein, il lui fit avaler d'un élixir qu'il portoit ſur lui, dont la chaleur devoit empêcher que le bleſſé ne perdit avec ſon ſang, l'uſage du ſentiment.   PLUS

Plus la vengeance eſt raiſonnée & plus elle eſt terrible : Dom Pédre ne ſe donnoit tant de ſoins pour conſerver les jours de Guſman, que pour le faire ſervir à ſes affreux projets : il frémiſſoit lui-même des horreurs qu'il étoit à la veille de commetre ; mais il n'avoit que ces moyens pour ſe venger d'un Roi cruel, à la barbarie duquel il devoit tous ſes malheurs, & il ne voulut pas les laiſſer échaper.

L'infortune'e Keelmie n'héſita point de ſuivre l'homme que Dom Pédre lui envoya : dès qu'elle fut arrivée à l'Hôtellerie, & que l'Ambaſſadeur en fut informé, il la fit attendre dans une chambre voiſine, rentra dans celle de Guſman, à qui il parla dans ces termes.

„ Tu ſçais mieux que moi, lâche „ Miniſtre du plus barbare de tous „ les Souverains, les ſujets légitimes „ que j'ai de me venger d'un monſtre „ qui n'a ceſſé depuis un tems de m'ac- „ cabler, par les endroits les plus „ affreux : je ne les rapelle point ces „ crimes horribles, je ne pourois les » enviſager ſans t'arracher la vie, il

» n'y

„ n'y a qu'un feul objet qui te la con-
„ ferve jufqu'ici : c'eft de te faire
„ fervir à ma vengeance. Le Roi
„ d'Efpagne mon ennemi le plus
„ cruel adore Keelmie, j'ai promis
» de la lui renvoyer, je veux lui tenir
» parole, c'eft toi que je choifis pour
» lui remettre ce qu'il a de plus cher
„ dans le monde, mais Gufman avant
„ tout, il faut que tu lui plonge un
„ poignard dans le fein ; à ce prix je
„ t'abandonne à ton malheureux fort,
» à ce prix je te laiffe une vie que tu
„ me dois, & dont je fuis le maître,
» parle, es-tu dans le deffein de me
» fatisfaire, un mot va décider de
„ ton falut ou de ta fin. »

En prononçant ces terribles paroles, Dom Pédre leva le fabre. Gufman s'écria avec effroy qu'il étoit
prêt non feulement de faire périr
Keelmie, mais même de s'abandonner aux crimes les plus affreux, pour
qu'on lui conferva la vie. Il fuffit reprit Dom Pédre, en lui mettant dans
la main un poignard, la victime va
t'être amenée : dans un moment, je
viens t'abfoudre ou te punir.

Le

Le Confident de Dom Pédre attendoit à la porte les ordres de son maître; ils furent de conduire Keelmie dans la chambre de Gusman & de venir lui rendre compte de ce qui s'y feroit passé; le cruel Espagnol qui ne l'étoit devenu qu'à force de malheurs, n'avoit pu prendre sur lui d'être le témoin d'une barbarie si odieuse. Peu de momens après, il apprit que le crime avoit donné de nouvelles forces au lâche Gusman, la beauté de Keelmie qui avoit dû réveiller en lui des sentimens qu'il avoit ressenti autrefois, ses pleurs à la veille du danger affreux qu'elle reconnut trop tard, ses priéres, rien n'avoit pu toucher le lâche Gusman & retenir les coups rédoublés qu'il lui porta, il sembloit que le traitre se vengea lui même d'une ennemie cruelle, il ne cessa point ses barbares efforts qu'elle ne tomba sans vie à ses pieds: ô Ciel se peut-il que tu permette de pareilles horreurs?

Dom Pedre ne fut pas plûtôt informé, que cette victime innocente avoit été précipitée dans le tombeau, qu'il entra dans l'Apparte-

ment du Marquis della Doloré ; j'ai
promis au Roi ton maître , lui dit-il ,
de lui renvoyer Keelmie : fuis-moi ,
je fuis prêt à remplir ma parole. L'A-
gent du Monarque Efpagnol fe leva
avec inquiétude, l'air de Dom Pédre
annonçoit les horreurs dont il alloit
être le témoin , il recula deux pas
d'effroy en reconnoiſſant à la lumiére
des flambeaux Guſman Dalinkaras ,
que le meurtre nouveau qu'il venoit
de commettre avoit fait tomber ſans
ſentiment, il frémit en apprenant que
le corps étendu à terre étoit celui de
l'infortunée Keelmie , & il voulut
donner des marques de ſon reſſenti-
ment ; remets ton épée, s'écria le furieux Dom Pédre en lui lançant un
regard horrible , & en faiſant briller
ſon ſabre à ſes yeux , il ne te ſerviroit
de rien de vouloir venger ton lâche
Souverain d'une repréſaille légitime,
tu ne ferois qu'augmenter le nombre
des victimes. Adieu dis à ton Tyran
que je vais porter une tête en Angleterre qu'il avoit voulu proſcrire par
des moyens honteux & dignes de lui,
& aſſûre-le de ma part que ſi ſes enne-
mis

mis me laissent une vie qu'il a tenté
mille fois de m'arracher, qu'elle ne
fera employée à l'avenir qu'à faire des
efforts puissants & continuels pour
le punir de tous les crimes effroyables
qu'il a commis & qu'il a occasionnés.
Après ce discours, Dom Pédre se retira, & monta à cheval avec l'amer-
tume & la douleur dans le cœur : le re-
mord l'accompagnoit, & il arriva en
Angleterre dans un assiéte d'esprit
qui le mettoit au dessus de tous les
malheurs qui étoient à la veille de
l'accabler.

Fin de la cinquiéme Partie.